CORAÇÃO-
GRANADA

@akapoeta
JOÃO DOEDERLEIN

CORAÇÃO-GRANADA

paralela

Copyright © 2018 by João Doederlein

A Editora Paralela é uma divisão da Editora Schwarcz S.A.

Grafia atualizada segundo o Acordo Ortográfico da Língua Portuguesa de 1990, que entrou em vigor no Brasil em 2009.

CAPA E PROJETO GRÁFICO *Estúdio Bogotá*
ILUSTRAÇÕES *Helena Cintra*
PREPARAÇÃO *Lara Cammarota Salgado e Stéphanie Roque*
REVISÃO *Luciane Helena Gomide e Adriana Moreira Pedro*

Dados Internacionais de Catalogação na Publicação (CIP)
(Câmara Brasileira do Livro, SP, Brasil)

Doederlein, João
    Coração-granada / João Doederlein. — 1ª ed. — São Paulo: Paralela, 2018.
    ISBN 978-85-8439-121-9
    1. Poesia brasileira I. Título.

18-16536   CDD - 869.1

Índice para catálogo sistemático:
1. Poesia: Literatura brasileira 869.1

Maria Alice Ferreira – Bibliotecária – CRB-8/7964

1ª *reimpressão*

[2020]
Todos os direitos desta edição reservados à
EDITORA SCHWARCZ S.A.
Rua Bandeira Paulista, 702, cj. 32
04532-002 — São Paulo — SP
telefone: (11) 3707-3500
editoraparalela.com.br
atendimentoaoleitor@editoraparalela.com.br
facebook.com/editoraparalela
instagram.com/editoraparalela
twitter.com/editoraparalela

Este livro fala de um amor que nunca aconteceu e de uma pessoa que mexeu com meu coração a ponto de sair dele poesia.

Este livro também fala das crises de ansiedade, que infernizam meus dias há seis anos, crises tão fortes que chacoalham a minha alma a ponto de sair dela poesia.

CAPÍTULO 1
o nome dela, **08**

CAPÍTULO 2
quando a ansiedade chega, **54**

CAPÍTULO 3
acalanta meu coração. **120**

O NOME

ELA,

capítulo um

alma (*s.f.*) **gêmea** (*adj.*): é quem respira o seu silêncio e se encanta com a sua voz. é quem tem o timbre do seu peito na palma da mão, na ponta dos dedos. são duas pessoas que tomam sorvete à tarde, e toda noite é lua de mel. é um corpo que se gruda no outro pela inércia do amor. é se sentir inteiro mesmo ao se ver num espelho quebrado.

não é alguém feito para você. é alguém que faz você querer ser o melhor de si. ainda imperfeito, ainda errado, mas feliz.

saudade é um abraço que eu dei faz mais de ano.

vontade é um abraço que eu ainda não dei.

você é o conjunto de todos os abraços que eu quero dar.

é difícil guardar no peito
aquilo que a gente queria poder mostrar ao mundo.

mas não tem graça mostrar desacompanhado.
queria estar nos seus *stories*,
na sua rotina,
nas fotos do seu próximo aniversário
e numa polaroide
na parede do seu quarto.

vermelho (*adj.*): é a maçã do seu rosto quando encontra aquele moço. é a rosa que eu comprei, mas não te dei. é um dos tons do vinho que combinamos de tomar. é o que a criança aprende como "cor da paixão e do amor", e isso eu desaprendi quando conheci a cor dos seus olhos.

hoje é a sua jaqueta mais bonita, da sua foto mais bonita, e então eu percebi que a infância estava certa: a paixão veste vermelho.

o mar beija a praia o tanto de vezes que eu queria poder beijar você.

beija a

s que e

beijar v

me interessei pelo torto tão bonito
do seu sorriso,
e pelas olheiras que você não tenta esconder.

interessado em saber se você acredita
em céu, em destino ou em amor à primeira vista,
e em todas as conversas que podemos ter.

se prefere manchar sua boca de cerveja,
de vinho ou de rum.

interessado em saber se na sua vida cabe mais um.

coincidência (*s.f.*): é seus melhores amigos namorarem garotas com o mesmo nome. é depois de três anos e muitos quilômetros ter te encontrado na fila de um show do Muse porque o seu táxi errou a rua e eu parei para comprar água. é quando os dois lados de uma moeda se encontram, mesmo contra todas as chances lógicas. é, quem sabe, o destino mandando sinais.

é descobrir que estudamos no mesmo colégio e fomos aos mesmos shows em São Paulo, e que eu só pude me apaixonar pela sua existência doze anos depois.

Eram os gatos no seu quarto,
os pelos no seu armário,
na sua jaqueta vermelha,
no seu cabelo clareado.
Eram as memórias que cultivei
do café frio,
da cozinha pequena,
da cafeteira e da frigideira
vermelhas.
Cultivei o brotinho de girassol,
a polaroide contra o sol,
o show que vimos separados
no festival a que fomos juntos.
O início de muitos
virou fim em segundos.
Sua boca cerrada não fala nada,
o trêmulo dos seus olhos verdes me passa o recado:
"acabado".
A distância é demais.
Somos dois inteiros que somados
transbordam,

e é poético o que fazemos de noite na cama.
Mas se a gente ama
como ama,
não aguenta passar longe mais de uma semana.
Agonizante,
"E o nosso futuro?
você vai se mudar pra cá?"
Como posso me mudar,
se ainda preciso me formar?
Preso em coisas que deveriam me libertar
eu perco a única liberdade na qual queria me
    encarcerar:
a dos seus braços de noite quando chego,
do seu cheiro,
da borda descascada da madeira do espelho do
    seu banheiro.
Imagino todo o nosso amor como um recado
lido
mas não dado.
Que fardo.

A gente poderia ter se amado.

dengo (*s.m.*): é meu par no forró (mesmo sem eu saber dançar). é quando meu corpo esquenta com sua risada rouca e seu sotaque forte. é como eu chamo o seu abraço comigo dentro dos seus braços. é o nó que fazem os seus cachos com nós dois deitados no mesmo sofá. é dividir o colchão com você em dias ruins de se levantar. é o ser mais bonito que eu tive a sorte de conhecer, me disseram Ana e Vitória.

então o meu só pode ser você.

queria um convite para ser parte do seu dia a dia.
prometo abraçar seus horários,
tão malucos quanto os meus.
prometo abraçar seus drinques com gim,
suas sextas-feiras em casa
e seus gatos.

e você,
sempre que precisar.

gato (*s.m.*): é um pequeno companheiro que me ensinou que silêncio nem sempre é solidão. é quem aprendeu a amar sem possuir, sem apertar, sem sufocar. é quem carrega um universo inteiro em cada olho. é punhado de pelos no seu sofá. é sempre te ter perto nas minhas blusas pretas. é quem veio junto quando te pedi em namoro. é a alergia que eu tento todo dia superar.

é quem fez minha rinite virar sinônimo de amor.

cumplicidade
é dividir um guarda-chuva pequeno
num dia de garoa
e achar engraçado os dois
meio secos,
meio molhados.

Amar é não ter medo de se molhar
na chuva.
Garoa fina da qual eu fugia,
que logo virou tempestade fria
e me encharcou antes de chegar.
E eu fugia dos sentimentos que caíam do céu.
Eu fingia que os sentimentos não caíam do céu.
Mas, sim, às vezes eles caem do céu,
feito uma única gota de amor que me acerta
na testa,
sem preparo.
"Aí vem tempestade!"
Alguém como eu sabe que um pingo significa
que o mundo vai cair na minha cabeça.
Que a paixão vai me pegar,
não importa o que aconteça,
nem o tanto que eu fuja.

Amar é não ter medo de se molhar
no inevitável de cada dia,
na rotina e na preguiça,
nos lençóis da sua cama,
no seu abraço,
na sua teimosia,
nos seus defeitos,
nas noites sem dormir,
na saudade que há de vir.
Amar é deixar em casa o guarda-chuva,
apoiado nos velhos conselhos empoeirados.
Amar é arriscar um resfriado
sem ninguém para te cuidar.
Conhecer você
fez tempestar dentro de mim.
Mas te ver acordar
é ver o sol nascer
de novo.

mais u

a lua c

assim,

apaixo

mais uma noite sem dormir,
a lua chega a rir de mim,
assim,
apaixonado.

falta (*s.f.*): é o espaço que fica entre a minha e a sua mão quando você está longe. é a sentença do meu coração por ter amado demais alguém que, no fim, achava errado o meu jeito intenso de amar. é quando tudo o que eu faço me lembra você, mesmo que você não queira ser lembrada. é, às vezes, uma saudade não recíproca.

é fugir quando falam o seu nome perto de mim, mas repetir ele sozinho em silêncio na solitude do meu quarto.

hoje eu invejo
a parte de mim que não te conheceu,
a metade de mim que podia dormir de noite
sem pensar no que aconteceu.

os peculiares desejos de um coração quebrado.

seu truque principal
foi me fazer acreditar que era real,
e que um amor desaparecer do dia para a noite
era normal.

ilusionista.

acreditar (*v.*): é olhar para sua mão quando ela segura a minha e apostar todas as minhas fichas que encontrei a pessoa para quem vou dedicar as músicas da Anavitória. é palavra vizinha da fé. é dar chance para o acaso me decepcionar. é andar vendado no labirinto do amor só com a sua voz para me guiar. é te abraçar quando a ansiedade bate na porta da sua vida, sem te perguntar por onde e como ela entrou.

é deitar no seu colchão quando você me diz que metade dele é meu.

você é o acaso mais bonito
que apareceu num domingo de chuva
e sol.

serendipidade é quando o destino inventou
de pôr você no meu caminho,
sabendo que eu não acredito em fatos
predeterminados,
dou meu braço torcido
e digo:
muito obrigado por ela, destino.

me apaixonei infinitas vezes
antes de me apaixonar por você.

me apaixonei pelas palavras,
pela minha melhor amiga,
pelo cachorro da minha vizinha
e pelo gato da minha tia.
me apaixonei pelos dias de chuva na cidade
e pelos filmes de terror que eu tanto temia.
me apaixonei por algumas bandas
e por uma música na rádio que ouvi até enjoar.

e daí eu me apaixonei por você,
por suas palavras,
pelo cachorro da sua melhor amiga
e por seus três gatos.
me apaixonei pelos dias de chuva na sua cidade
e por saber que seu gênero preferido também é
    terror.
me apaixonei pela banda que você ouvia
e pela sua playlist que eu ouvi até enjoar (e
    ainda não enjoei).

me apaixonei infinitas vezes por você.

chance (*s.f.*): é poder provar do que somos capazes. é nosso corpo pedindo uma oportunidade para a vida. é o que facilmente desperdiçamos por medo. é o que nem sempre espera a gente pensar duas vezes. é a joia mais valiosa do acaso. é aquilo que o universo me deu quando a gente se esbarrou naquela sexta-feira.

você é a minha melhor chance de ser feliz.

madeira (*s.f.*): era o cheiro do perfume dela no dia em que terminamos. é o piso do apartamento que compramos. é o tronco da árvore do jardim da sua avó que visitávamos domingo sim, domingo não. é um fragmento da mãe terra. é a cor do edredom. é a mesa do bar.

é um coração que parece frio e duro, mas que, ao primeiro sinal de amor, se deixa queimar.

no fim, cada palavra apaixonada que eu dizia sobre
    você
falava muito mais sobre mim.

como a cor dos seus olhos
era a minha favorita.
como o corte do seu cabelo
era o corte de que eu gostava.
como a blusa que você vestia
era da minha marca preferida.
e os pratos que você comia,
eu também pedia.
e o filme que você via sozinha,
eu assistia sem companhia.
a cidade em que você morava
era para onde eu queria me mudar.
o animal que você criava
era o mesmo que eu falava, quando pequeno, que
    queria adotar.

e cada poesia que eu escrevia
era metade você,
metade eu.
mas quando eu lia,
era tudo *meu*.

toque (*s.m.*): é encostar. é pele na pele. é quando nossas moléculas se aproximam o máximo que podem, e a nossa existência se esbarra. eu tenho inveja da chuva que toca o seu corpo quando o céu chora e do sol que faz cafuné no seu cabelo todas as manhãs. o seu me causa arrepio.

é o meu coração dizendo através da minha pele na sua "ei, tô aqui"... é saudade da sua pele.

relacionamento não significa
"posse".
posse no relacionamento
é uma tosse chata
que não te deixa dormir.
é aquele resfriado que você acha que vai melhorar
com o tempo,
mas não melhora.
o sentimento de posse em um relacionamento
aumenta com o tempo
e mata por dentro
tudo o que um dia a gente sentiu.

relacionamento não é posse.
relacionamento não é posse.
relacionamento não é posse.
relacionamento não é posse.

vulnerável,

eu amo.

é preciso estar de peito aberto

para amar,

disposto aos machucados

e a encontrar alguém para te curar.

mãos cerradas não entrelaçam.

afastam.

é sobre saber se abrir.

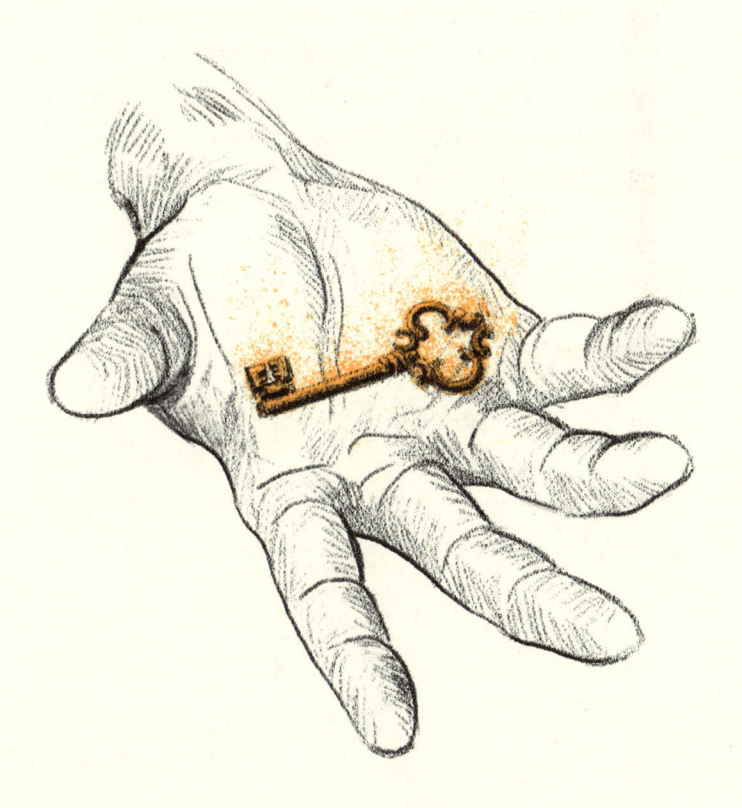

exceção (*s.f.*): é a vontade repentina de segurar a sua mão depois de tantas outras terem me abandonado. é o inesperado momento em que a sua música preferida remete ao meu passado, mas se a escuto contigo, escuto o meu futuro. é deixar a porta da frente aberta depois de tantos anos saindo sempre pela dos fundos. é ver minha teimosia desistir de existir. é ver uma parte nova de mim disposta a amar de novo.

você.

o do mundo me acalma.

o das pessoas na rua parece julgamento.

o da noite me acalanta.

o da cidade me impressiona.

o do coração me enlouquece.

o seu me assusta.

e o meu fala mais do que devia.

silêncio.

o tempo não espera por ninguém,
e eu esperei demais para te conhecer.
o tempo passou na minha frente,
e eu perdi você de vista.
seu nome se perdeu na história da minha vida,
e eu continuo perdido
em você.

pelo barulho na cozinha,
você acordou antes de mim.
vejo o formato do seu corpo no colchão
e um retrato nosso ao alcance da minha mão.
todo dia eu levanto com um sorriso do tamanho do
      meu coração.

rotina.

pelo b

na co

você a

amei,
no primeiro dia,
o torto do seu sorriso.
no segundo dia,
o profundo das suas duas olheiras.
no terceiro dia,
o nome dos seus gatos, o fato de você não dar nó nos
    seus sapatos
e a cor da parede do seu quarto.

amei primeiro a sua foto,
depois o som da sua voz,
e, então, o inteiro das suas ideias.

amar é um processo.

um conselho: relacionamentos são como sapatos,
vista um do tamanho do seu pé para não se machucar.

eu calçava quarenta e quatro,
e você trinta e oito.
para não seguir o conselho alheio,
ficamos descalços.

reencontro (*s.m.*): é poder olhar nos seus olhos de verdade, sem precisar abrir a sua foto do WhatsApp.
é fazer as chamadas de vídeo valerem a pena. é o passado e o presente fazendo um poema. é tirar o pó da lembrança do seu beijo. é o que antes de dormir eu ainda desejo.

é aquilo que mantém vivo um amor constantemente machucado pela distância.

falsa reciprocidade
é crueldade.
coragem é dizer não,
dar conclusão.
covardia é enrolar
por medo de magoar.
enrolar sem a intenção de tentar
é iludir.
e iludir é magoar.

responsabilidade afetiva.

coração-granada (*s.m.*): é ser alguém que explode de amor, ao menor contato. é quem entende que a vida deixa marcas conforme vivemos. é uma nuvem de calor pós-paixão. é espalhar os ideais que moram dentro de você com a intensidade de um cometa.
é alguém que faz barulho mesmo em silêncio. é a inquietude de querer viver. é um coração que não se deixa levar pela exaustão. é o brilho que ora ilumina, ora cega. é ter no peito uma romã, mais vermelha que o sangue, mais doce que o morango e, mesmo quebrada, ainda bonita.

e quando o mundo estiver em festa, nós seremos os fogos de artifício.

QUANDO
ANSIEDAD

capítulo dois

CHEGA,

ansiedade é imaginar diálogos que não vão acontecer.

ansiedade é imaginar o momento
em que tudo dará errado
toda vez que algo começa a dar certo.

ansioso desacompanhado
no espelho se vê solitário;
no bar chora a solidão,
sentado a uma mesa
com tantos amigos ao seu lado.

não (*adv.*) **recíproco** (*adj.*): é se animar com tudo o que a pessoa diz, até perceber que ela não se anima com *você*. é lembrar que comprei dois ingressos para o show do Coldplay e usei só um. é aquele segundo na festa em que percebi que, quando você disse "vou ao banheiro, me espera aqui", não era realmente para esperar. é saber que você aceita meus convites por não ter opção melhor, e a solidão lhe parece enferrujada.

é o sentimento também conhecido como "ver a pessoa que você ama amar outra pessoa".

Ansiedade, levanta desse sofá.
Larga esse quadro,
sai da minha cozinha!
Fecha a torneira!
Você sabe que os pingos que caem
me fazem contar
as horas que perdi me preocupando
com você.
Não suja o chão,
para de derrubar as coisas!
Deixa minhas revistas no lugar,
para de fazer eu me sentir perdido
no meu próprio lar!
Solta o controle da TV,
para de mudar de canal!
Para de entrar na minha cabeça
e fazer com que eu me sinta mal!
Ansiedade, não pega isso, vai quebrar!
Coloca isso no lugar!
Ansiedade,
acho que sou eu
quem vai quebrar.
Despedaçar.
Ansiedade, vai embora,
coloca minha vida de volta no lugar.
Devolve o meu casaco!
Coloca tudo onde você pegou!
Devolve todas as pessoas
que você afastou de mim!
Onde você escondeu minhas chaves?
Ansiedade, para de fazer eu me sentir preso!
Por que você é assim?!
E as do carro, onde você pôs?
Me deixa sair, Ansiedade!
Me deixa ver as pessoas que eu amo!
Ansiedade, levanta da porra do sofá!
Sai da minha cama!

Levanta de cima de mim!
Ansiedade, me deixa sentir vontade de acordar!
Desliga esse computador
e não deixa a geladeira aberta!
Para de bagunçar o que não é seu!
Ansiedade! Para de jogar minhas meias no chão!
Onde você escondeu o par do meu sapato?
Onde foi que você me meteu?
Ansiedade!
Ansiedade!
Que inferno!
Não joga bola aqui dentro!
De onde você tirou essa bola?
Eu nunca comprei uma bola...
Cuidado com a janela!
Você queimou a lâmpada!
Ansiedade,
você é teimosa,
travessa feito uma criança.
E eu sou um fracasso como "pai".
Sei que você nunca vai sumir,
nós dois vamos ter
que nos acostumar.
Crescer,
se entender.
Um dia você vai amadurecer.
Um dia eu vou amadurecer.
Eu não pedi para você morar na minha vida
e sei que você não pediu para aparecer,
mas o destino jogou assim
e eu preciso entender...
Ei!
Ei! Desce da mesa!
ANSIEDADE, VOCÊ VAI QUEBRAR TUDO POR AQUI!
ANSIEDADE!
PARA!

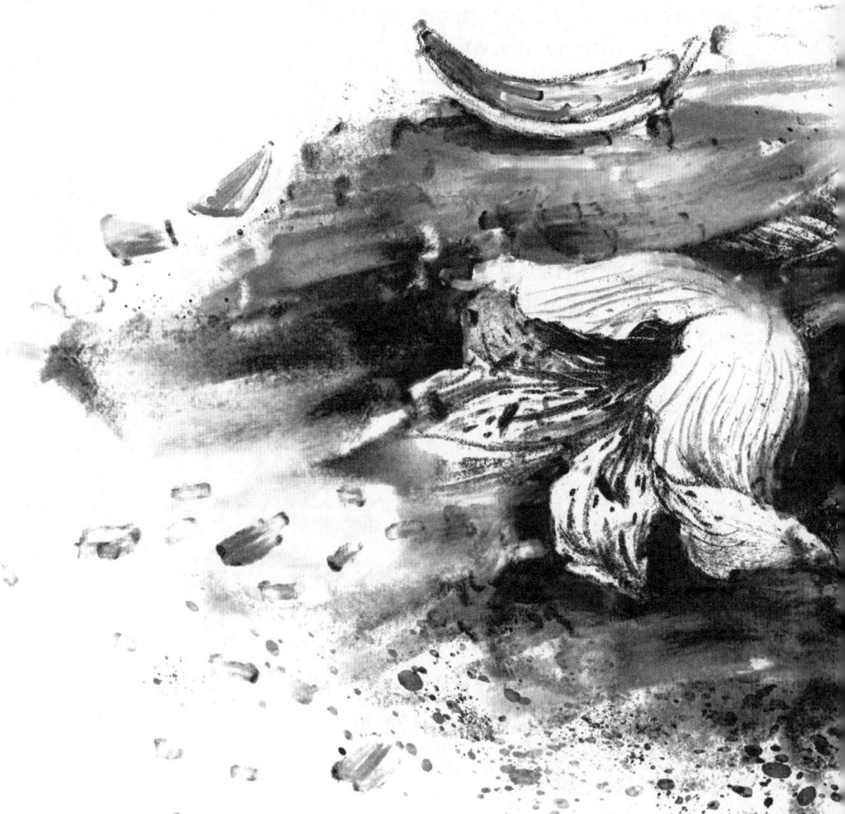

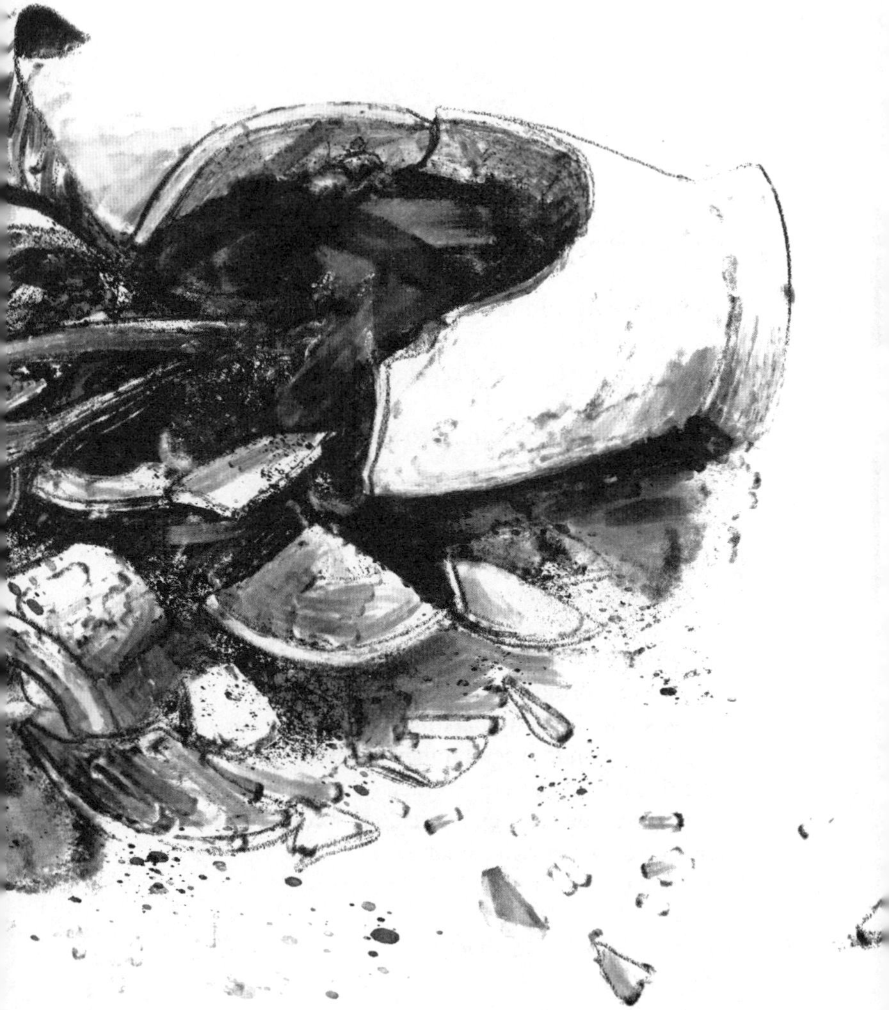

O seu cheiro grudou no vento, e o seu toque grudou em
 mim.
Seu nome na minha memória, sua ausência na minha
 rotina.
Por tantos meses procurei alguém que não queria ser
 achado
(ao menos não por mim, isso você deixou claro).

A sensação de estar apaixonado viciou o meu jeito de agir.
A sensação de estar apaixonado me fez aceitar o fardo de
nunca vir em primeiro lugar.
A sensação de estar apaixonado me fez engolir tudo o que
 eu sentia.
A sensação de estar apaixonado te transformou em mar
e me transformou em mais um afogado.
A sensação de estar apaixonado fazia meu coração bater
 quando o seu também batia,
e então eu esquecia que o meu também existia.
A sensação de estar apaixonado por você me fez esquecer
de que eu deveria me amar
também.

Apaixonado é vulnerável,
finge que não vê,
esquece o que escutou.
Aceita perdões demais.

"quando for para ser, será."
"você ainda vai fazer alguém muito feliz."
"sua hora vai chegar."
"é só parar de procurar."

conselhos que não acalmam o meu coração.

doloroso (*adj.*): foi te ver naquele aeroporto vazio e não poder te abraçar. foi saber que você decidiu partir para nunca mais voltar. é saber das suas conquistas e não poder comemorar junto. é achar que eu nunca mais vou encontrar alguém que me queira e me faça tão bem.

foi ter que dizer adeus sem olhar, sem falar, sem tocar... sem sentir. de longe, em silêncio.

Para que cigarro,
se eu já trago
memórias suas?
Se as minhas roupas ainda têm
o seu cheiro
preso
e o seu batom?
Se a ansiedade ainda me bate,
na balada,
ou até mesmo em casa,
e se dormir ainda é um fardo,
se sonhar ainda é fuga,
se a minha vontade
ainda é
sua?

Para que cigarro, me diz?
Nunca fumei.
Você quem fumava,
e me fez viciar em algo pior
que o seu Marlboro que te matava.
Para que um vício desses,
que posso comprar no caixa do mercado?
Cigarro acalma a ansiedade?

O meu vício parece ser a própria ansiedade
de querer tua voz
e ouvir o silêncio. De cair na caixa.
De viver de áudios antigos.
Meu vício foi te amar.
O Marlboro te mata em alguns anos,
mas o meu vício está prestes a me matar.
Eu sou um reabilitado
querendo
liberdade.
Liberdade de você,
das suas fotos
e de tudo o que você me causa.
Da inquietude,
da falta de ar.
Da falsa solitude,
do medo de me entregar
para outro alguém.

Fatídico dia
em que
eu
traguei
amor.

você sumiu.
você nem disse tchau.
você nem se preocupou se eu sentiria saudade
e se ela seria, ou não,
fatal.
tudo o que você queria fazer era desaparecer.
se desgrudar de mim.

por quê?

você sabia como eu tinha medo
de sonhos exageradamente grandes
e de bares sem você.

A ÚLTIMA NOITE QUE PASSAMOS JUNTOS ACABOU DE passar na frente dos meus olhos feito os vagões do metrô que eu perdi naquele dia. O último cafuné enroscado nos fios meio vermelhos, meio castanhos do seu cabelo. O último show em que pulamos juntos, molhados de garoa e dizendo "fodam-se todas as capas de chuva". Afinal, foda-se tudo e qualquer coisa; estávamos juntos, abraçados de forma recíproca, andando de mãos dadas pelos gramados, por entre as pessoas estranhas e por entre os seus amigos que comentavam "ela tá de mãos dadas?". Os comentários fazem a gente se sentir especial. As pequenas coisas e os pequenos gestos tornam grandes aqueles momentos na minha cabeça. As pessoas se esquecem de que a gente se apaixona pelo simples, não pelo grandioso.

Ouvimos Strokes naquela noite. Cantamos Strokes naquela noite. Dançámos sem saber dançar, e eu dançaria mesmo depois que acabasse a música e a banda fosse embora. Você era o melhor show da minha vida naquele momento, e nenhuma banda indie internacional iria esconder o som da sua voz na minha cabeça. Aliás, juro que não me lembro do vocalista cantando. Misturei o som do universo ao meu redor com os movimentos dos seus lábios e li as palavras mais bonitas da minha vida. Você, eu e o resto do mundo inteiro. Era como deveria ser dali para a frente.

Mas como dizem os Strokes, era a última noite.

Me lembro da nossa última noite como se ela fosse uma música com refrão chiclete. Me lembro da nossa última noite como se ela ainda fosse a de hoje. Me lembro do metrô lotado, dos corpos encharcados de chuva, suor e afeto. Me lembro do barulho do chuveiro e da hora que você deitou. Me lembro do seu sotaque meio cantado e de tudo o que você me disse naquele dia.

A cerveja e outras bocas vão apagar o meu beijo da sua memória, mas noite nenhuma vai apagar o encaixe da minha mão na sua.

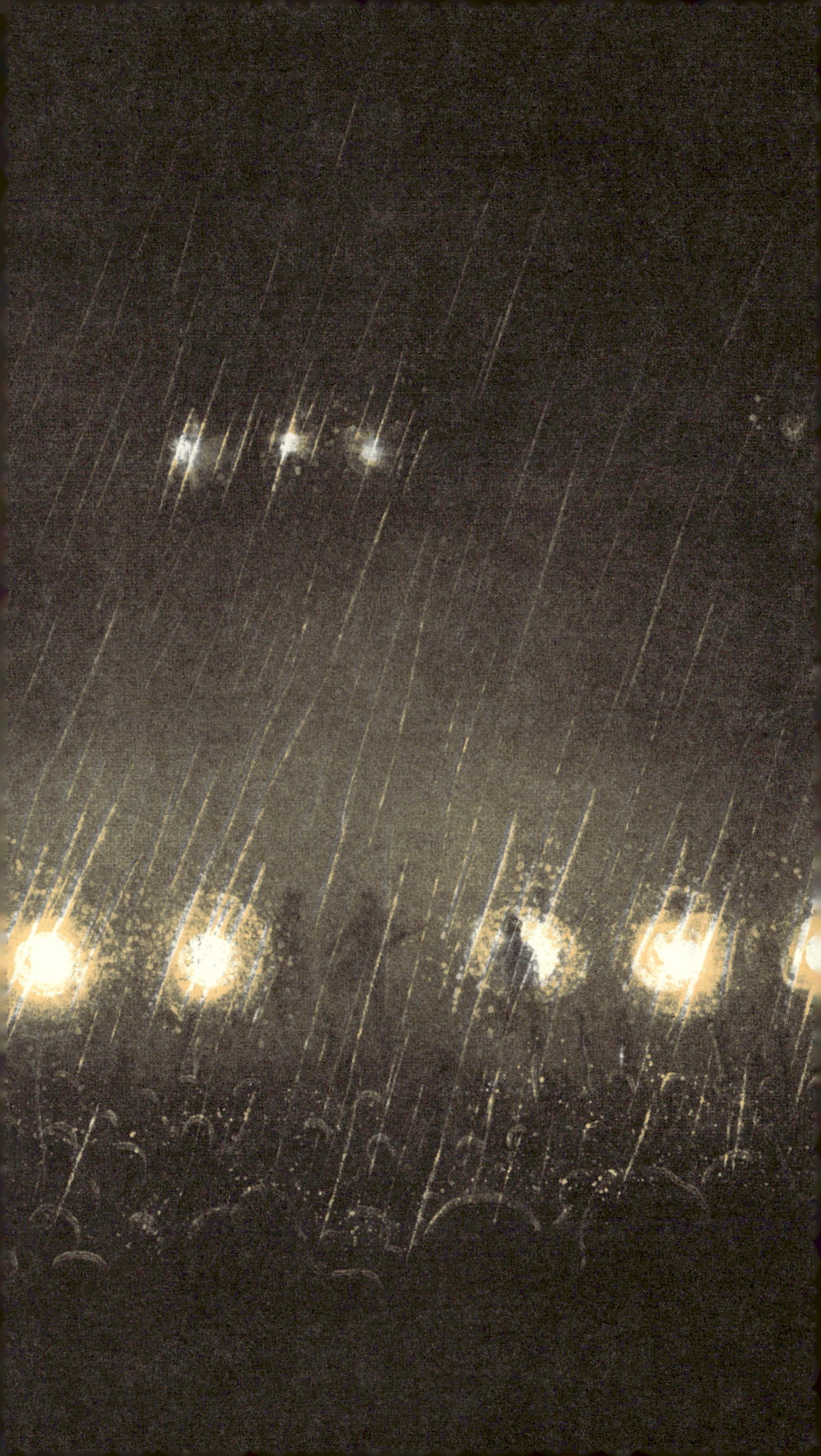

o lame
e não

lhas ca
em adi

não lamente por amigos
que não sabem *ser amigos.*

folhas caem. e folhas que caem adubam.

tomar decisões
é algo difícil quando se tem ansiedade.
na nossa mente estamos sempre escolhendo

entre a janela muito alta
e a porta cheia de farpas.

Você viu de perto a minha Ansiedade.
E nem teve medo.
Eu que tive medo.
Tive medo porque ela rouba tudo o que me faz bem.
Medo porque a Ansiedade que mora em mim
sou eu também.
Medo porque ela acelera o caos que existe
na minha cabeça.
Medo de que tudo o que ela toque
apodreça.
Ela alimenta a paranoia e o meu coração intenso
e incendiário.
Eu tive medo do meu lado mais escuro.
Do monstro que habita o meu peito.
Eu tive medo de te ver no meio desse furacão de facas.
Eu tenho medo quando olho no espelho
e vejo a Ansiedade nos meus olhos.
Eu tenho medo desde o dia em que percebi
que ela era uma porção da minha alma.
Um rasgo demoníaco na minha história.
Mas ela não é o inferno.
Ela não é a guerra, e nunca quis ser.
A Ansiedade nunca pediu para ser parte permanente
do meu ser.
Colegas de quarto que o acaso reuniu.
Mas cultivo o medo
desde o dia em que a primeira pessoa que a viu
fugiu.
Quando enxergou nos meus olhos castanhos
que o sorriso aberto,
que o amigo-de-todo-mundo,
o cara que sempre tem assunto,
não era sempre tão feliz assim.
Eu tinha um passado torto,
às vezes um rosto agoniado.
E eu também chorava
pelos demônios dentro de mim.
Acho que todos temos

demônios.
Alguns bebem tequila.
Outros deixam o gás ligado e não se importam
se a casa
(alma)
explodir.
Eu caí no chão de joelhos,
perdi o meu ar.
Você teve medo.
Eu tive medo.
A Ansiedade teve medo também.
Somos todos parte desse
caos.
Se você quiser fugir,
eu entendo.
Mas se não,
entenda você:
ela mora comigo e sempre vai morar.
Tentar expulsar a Ansiedade
é um convite para ela entrar.
Autodestruição.
É declaração de guerra sem vencedores.
Amar um ansioso
é estar preparada para dar a mão,
desviar das facas
e segurar um coração-granada,
que chora,
chora muito.
Eu não tenho medo de chorar.
Eu não tenho medo da Ansiedade em mim.
Meu único medo
é de que
você
tenha medo dela.
E, por consequência,
de que você
tenha medo
de mim.

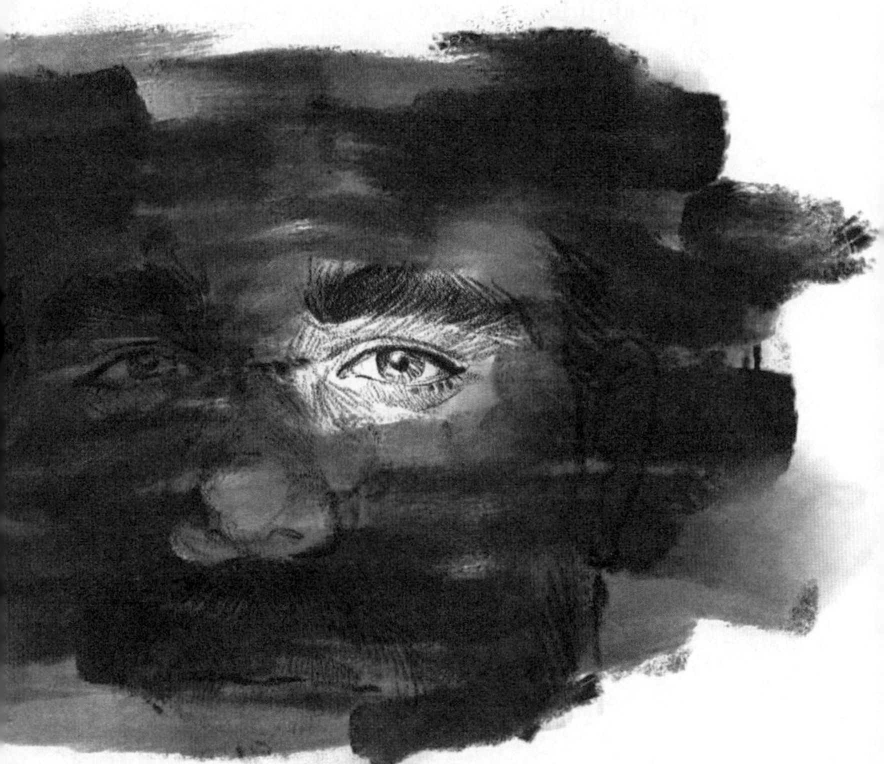

responsabilidade (*s.f.*) **afetiva** (*adj.*): é saber
que o beijo que a gente dá, os convites para o cinema
que fazemos e o sofá que dividimos entre carinhos
e conchinhas são sementes. e as sementes florescem
independente de nós.

é entender que, às vezes, somos jardineiros de sentimentos
capazes de fazer sofrer a alma. é dizer o que sente, quando
sente, e não fingir desinteresse. é podar a paranoia do outro.
é impedir a insegurança de se tornar o nosso bicho-papão.
é dividir as chaves da mesma casa e avisar quando não
for voltar para que eu não te espere acordado em vão. é ter
respeito com quem um dia fez feliz teu coração.

O meu problema era ser
ansioso.
Era ter um peito
ocioso.
Era ser meio medroso,
me apaixonar de um jeito
torto
e tentar metades
demais
por um inteiro só.
O problema era eu achar
que era paixão,
quando era a ansiedade,
de supetão,
arrombando a porta
do meu apartamento,
quebrando minha cara no chão
e fazendo o tempo ficar lento,
me deixando refém do vento
e tomando cuidado
com os lugares em que eu sento
para nada,
nada lembrar você.

O problema é que gente ansiosa
também ama

e a gente nunca sabe
identificar
o que significa nossa falta de ar.
O que significa a compressão
no peito,
e o que é o suor frio.
A vontade de ficar na cama
e de costurar
a semana inteira num só fio.
Suspira,
mas o que a gente queria
era espaço
para respirar.
Para pensar bem.
É amor
ou nem?

Ansioso toma remédio,
não é
frescura.
Ao menos ansiedade
tem cura.
Já que amor, quando dá errado,
deixa o coração
em carne nua.

conclusão (*s.f.*): é aquilo que salva um coração da insanidade. é o que me impede de pensar que o erro fui eu. é parar de me perguntar por que nosso amor acabou. é quando você me explica cada detalhe que faltou.

é quando você me disse "eu quero terminar" em vez de sumir sem avisar. acredite, em meio ao caos, é um pedaço importante de paz.

o cara mais feliz do rolê
pode ter depressão.

vazio que limita
é o meu limbo emocional.
difícil de explicar,
até quem já viu de perto
não sabe verbalizar.
ela tem nome mas não tem face,
ela some mas sempre está por perto.
é um gato morando no meu coração.
se esconde nas frestas do meu apartamento
e quando sente fome
faz dos meus dias um tormento.
quem vive com isso entende que a qualquer hora
pode voltar.
um sentimento de impotência
que desespera.
falta de ar,
o mundo pesa,
a chave de casa pesa,
a porta do carro pesa,

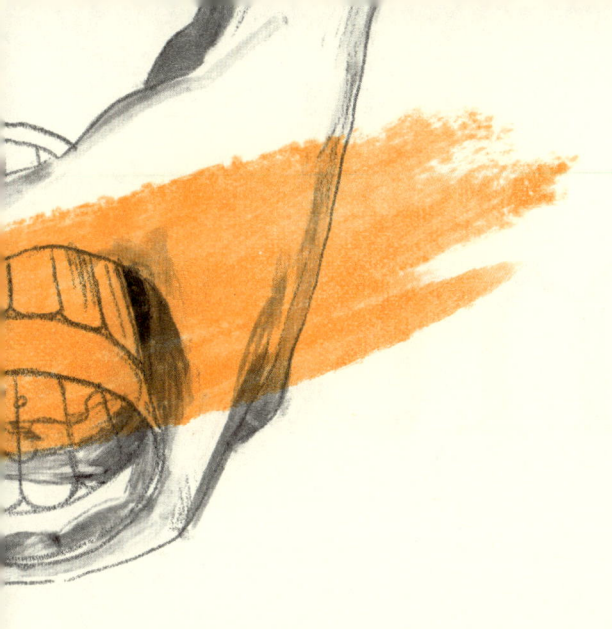

o abraço no colega pesa,
o copo do bar pesa.
então a gente precisa ser cinco vezes mais forte
para viver o dia a dia.
ter cinco vezes mais músculos
para sorrir.
a depressão não é a tristeza mal encarnada.
quando eu fico triste
ainda sinto.
a depressão me priva de sentir.
não, o mundo não fica cinza.
ele fica incolor,
transparente.
e ainda assim eu levanto da cama
com pesar.
e tento viver.
sou o brother do rolê
que vai para todo lugar e evita treta.
e também sou o amigo que toma remédio tarja preta.
a gente nunca sabe.
o cara mais feliz do rolê
pode ter depressão.

o mund

um p

nas tal

sinta

o mundo não é um peso,
mas talvez eu sinta o peso dele.

O tempo passou
e abriu um vão no seu abraço.
Cada traço do seu braço em volta de mim
se afasta aos poucos,
como a Lua se afasta da Terra.
Movimento retilíneo,
programado e inevitável.
O cupido sempre mira em mim,
mas sempre me erra.
Um amor que acaba
por excesso de espaço
vazio.
Tentar nos salvar é um ato
em vão,
é café frio com muito açúcar e pouco grão.
Insustentável para quem gosta da coisa pura e forte.
Você assinou a morte de um amor de grande porte.
Mas nem todo jogador mantém a promessa depois que sai
do campo.
A promessa de um amor é algo amplo.
Contrato quebrado,
eu pago a multa
e todas as bebidas do bar.
Correr atrás de alguém
é aceitar ela de costas para você
sem previsão para se virar.
Então me viro eu nas memórias quebradas,
nas garrafas trincadas,
nas polaroides coladas,
para poder me salvar.
Salvar, verbo:
levantar um espírito desapaixonado em declínio forçado
pela falta de dengo e cuidado.

desencontro (*s.m.*): é você morar longe de mim. é ir ao cinema assistir aos mesmos filmes em cidades diferentes. é quando fisicamente próximos, emocionalmente distantes. é termos vários amigos em comum e mesmo assim não sermos mais do que estranhos que já se viram mas não se encontram. é te olhar do outro lado da festa e nossos olhares nunca se cruzarem.

é curtir suas fotos do Instagram e ser só mais uma notificação perdida entre outras várias.

intensamente
queimei as flores que te dei
ao tocar nelas com amor.
"amor demais".
amor que ecoa
e empurra.
assusta.
muito amor ainda é amor?
ou é carência?
ou é obsessão?
nada.
são só os anos que passei em solidão
falando mais
alto,
ensurdecendo o coração
"não perde esse amor,
ninguém vai te dar uma chance assim".
enfim,
ouvir minha insegurança nos trouxe um fim.

e se não fosse a tempestade tão certa,
se eu soubesse navegar melhor,
se meu barco não tivesse virado,
se não fosse o mau-olhado,
se seu coração não estivesse ancorado no passado,
e se o sol não me lembrasse tanto o seu sorriso,
acho que poderíamos ter vivido um grande amor.

tenho tantas cicatrizes em minha alma
que ela mais parece um quadro pintado por Pablo Picasso
em um dia de chuva
e muita tristeza.

"você não imagina a bagunça.
é bonita, mas assusta."

vulnerável (*adj.*): é um coração pós-término, tentando
esquecer aquilo que pensou que iria querer lembrar para
sempre. é quando eu acordo na manhã seguinte e vejo você.
é quando o nosso peito deixa de lado toda a ironia ácida
e os memes e percebe quão frágil realmente somos.
é olhar no espelho depois do banho, antes de um encontro,
e perceber que está apaixonado.

é quando deixamos entrar em nossas vidas pessoas
que não têm planos de ficar.

tão surreal para ser verdade
encontrar amor nessa cidade
em meio ao ego e à má vontade.

em era de flertes pouco sinceros,
eu não sei mais o que espero.

Ansiedade é a bebida
dos loucos,
dos que sentem demais.
Dos que se questionam muito
e dos que não aguentam mais.
Uma dose, por favor!
Hoje é dia de boêmia!
Não me importo mais.
Quer me ver beber?
Vou me afogar!
Já que expulsou ela do bar
e da minha vida.
Já que, Ansiedade, você é uma péssima companhia.
Eu não a culpo.

Garçom,
se eu matar essa garrafa,
se eu engolir em seco toda a Ansiedade,
se eu escrever no corpo inteiro o nome dela,
se eu passar a noite olhando pela janela,
se eu não dormir por uma semana,
se eu aceitar minha limitação humana,
se eu desistir das minhas ideias loucas,
se eu largar das noites vazias e soltas,
você me traz ela
de volta?

Mas, garçom, e se eu não quiser?
Parei agora para pensar,
o que ele tem
que eu não tenho?
Que ele não é intenso
e que o amor dele não é doce,
é veneno?
Mas se pá
é assim mesmo.
É melhor eu nem voltar.
Não que ela queira,
mas não vai rolar.
É melhor mesmo eu desistir dessa ideia
e procurar por paz.
Procurar por quem me queira mais.

Saudade das suas tatuagens,
sua maquiagem.
Agora é tudo viagem
minha.
Tudo lembrança.
Bebedeira de Ansiedade.
Minha ânsia
por dias melhores.
Nesse bar de loucos e sentimentais
falta quem
se ame mais.

fogo de palha,
dorme do seu lado na cama,
mas diz que não está preparada
para dizer que ama
e some na outra semana.

beijou

vont

que, na

amar

faltou

beijou com tanta vontade
que, na hora de amar,
faltou.

mas eu sei
que eu gosto
de quem não gosta de mim.
e eu não insisto,
mas não por medo de um fim.
afinal, não se termina
o que nunca começou.

e "eu e você, nunca pensou?".
"não."

"Estou ficando com um cara"
que tapa na minha cara,
que tiro você me deu,
logo de madrugada.
Hoje você tem companhia para cerveja
e um espaço ocupado ao seu lado no sofá.
Eu tenho que fingir um sorriso
e falar que tudo bem,
quando não está.
Maldita geração
que não fala o que sente
quando sente,
e deixa a chance escapar.
"Eu não tinha chance"
a verdade é que eu não sabia se tinha,
mas deixei de ter alguma
por medo.
Sem falar nada,
quem é que adivinha?
Mas ela agora está com alguém
e eu não sei nem como vou dormir,
não tem posição boa na cama

para quem sente dor
de coração.
O travesseiro parece pedra,
e a janela parece tela
passando o filme dos meus erros.
As estrelas são atrizes,
e a lua nem sorri.
Foi uma notícia gelada,
mas eu continuei com o riso no rosto,
não deixei a ansiedade me atingir.
Tenho medo quando as luzes
se apagarem
na hora de
dormir.
Madrugada é assombração
para quem tem rachadura
no coração.
Pensamento reflexivo,
pensamento elusivo,
me atinge quando sensível
e me faz desesperar.
Falta de amor, falta de ar.

abandonar (*v.*): é deixar alguém sem avisar. é o ato covarde de largar na rua um bichinho que você "não quer mais". é tratar como descartável. é manchar com dor as boas memórias que criamos. é desamparar alguém que encontrava conforto na sua presença. para o amor, é castigo.

é matar com ausência.

Gostar de ti
é ver de longe quem não se lembra de me ver quando estou
 por perto.
Eu olho para o espelho e vejo outra pessoa,
eu olho para você e me vejo
do seu lado.
Me pergunto quem será que você vê
quando deita de noite.
Queria saber se quando você pensa,
pensa em alguém
que já tem endereço definido.
Eu quando olho para o número do meu apartamento
penso em qual seria o número do nosso.
Mas eu sei que eu gosto
de quem não gosta de mim.

Já pensou com quem você vai passar o Carnaval?
Fantasia de casal?
Glitter, cerveja,
e Netflix com pizza,
"não me leve a mal,
eu sei que a gente não se beija no final".
Eu não entendo por que fico nervoso de te ver,
sabendo que só vamos nos abraçar,
e o beijo mais sincero que pode acontecer
é quando as nossas bochechas
se encostarem no "olá" no início do rolê.
Eu queria escrever sobre você.
Eu escrevo sobre você,
mas quando eu te mostro
digo que é sobre outra pessoa
para você não fugir de mim.

tentar preencher o vazio
que ele deixou em ti
foi um erro que cometi.

ao te preencher,
me moldei no espaço que ele deixou.
ao me moldar, eu me perdi.
ao me perder, eu esqueci.

e me esquecendo, eu fui sendo quem você mais queria:
ele.

amadurecer (*v.*): é saber admitir que errei com quem eu amo e parar de jogar a culpa no destino e no medo. é não fugir de certas memórias e voltar a ouvir a banda que eu evitava por causa de outra pessoa. é aprender o real valor dos nossos pais. é perceber que, infelizmente, nem tudo tem conserto. é endurecer a alma.

é viver o suficiente para aprender que sou uma versão melhor de mim não pela quantidade de vezes que acertei, mas pela quantidade de vezes que errei.

preencher é se moldar,
e eu não estou aqui para perder a forma
que a vida me fez ter.

amar você é perigoso.
saí pensando que o problema era eu,
com desgosto do meu jeito.
meu coração queria tanto te agradar
que, ao não conseguir,
se desagradou de si.

pobre coitado.

ansied
trop
na me
arde, r
atilho

ansiedade é um tropeço
na memória errada.
arde, rala.

gatilhos.

E a força que eu tive
que ter
ao ver meu avô
chorar de saudade
da minha avó.
Força que não sabia se tinha
e até agora
duvido que tenha.
Força a minha que venceu a ansiedade
e que superou a depressão.
Força que cola junto os pedaços
de quando quebram meu coração.
Eu pensava ter força
até sentir o peso da vida.
A vida de verdade,
não essa que a gente posta no Instagram.
A vida que o samba diz doer doído.
A saudade é o fraco de quem sente muito,
pois sinto vazio de não poder mais sentir
por ti.
A força veio do meu fraco de chorar
na frente de quem me era exemplo
de resiliência.
Paciência.
A vida é fina e exigente.
Percebi agora
que vivi tempo suficiente
para precisar continuar a vida sem alguém.
A vida é, como diziam, de fato só.
um respiro
entre
a cegonha e o
Além.

desabafo (*s.m.*): é o suspiro que esvazia uma alma ansiosa. é meu coração buscando paz. é meu peito implorando por descanso. é às vezes um pedido de ajuda, às vezes uma conversa no espelho para me entender melhor. é um texto, uma mensagem, um áudio de seis minutos para minha melhor amiga. é, às vezes, o papel da arte. é a última carta de alguém disposto a suportar um amor não recíproco.

é meu coração em queda livre. (*e espero que você o pegue antes de atingir o chão.*)

Ansiedade,
chegou cedo.
O trem chegou antes da hora?
Tem café na mesa,
sirva-se,
pois não sou o capacho
que você pensa que eu
sou.
Já que fez da minha casa
a sua,
o mínimo que lhe devo
é
cortesia.
Mas não pense que morar
comigo
é maravilha.
Sou tão bagunçado quanto você.
E se pensa que é a única na minha vida
a me estremecer,
você não conheceu a saudade
que às vezes quebra a porta da frente.
Ansiedade,
se vai morar comigo
para o resto dos meus dias,
entenda:
a cama é minha,
o quarto é meu.
A chave fica no tapete,
não precisa me acordar de madrugada.
Ansiedade,

por que a surpresa?
Acho que um dia a gente cresce,
amadurece
e percebe que alguns inquilinos
vêm para ficar.
Eu nasci como nasci,
e hoje somos uma dupla.
Você não é um erro,
nem um acerto,
Ansiedade.
Você sou eu.
E eu preciso aceitar.
Eu não sou um doente,
um dramático,
um expoente fora de quadro.
Eu sou o nome que me veste,
e você
é o acento desse primeiro nome.
Eu te aceitei
porque eu cresci.
E eu cansei de viver meus dias
com medo de você.
Eu vim,
eu vi,
eu vivi.
Eu vou viver.
Ansiedade, a torrada vai queimar
se não pegar.
Tem leite, tem mel.
Sirva-se.

Ansiedade não escolhe hora
nem precisa de um motivo
para bater à nossa porta.
Ansiedade não escolhe dia
nem me pergunta
se pode entrar.
Ansiedade invade.
Derruba a casa inteira se a gente demorar.
Desestrutura cada pilar que sustenta
o meu lar.
Ansiedade incomoda, revolta.
Ansiedade faz adulto chorar.
Faz não saber explicar.
Ansiedade nos rouba as palavras,
confunde as datas
e faz a gente errar.

Ansiedade afasta
quem a gente gosta.

Ansiedade não é frescura,
Ansiedade não traz ternura.
Ansioso não atua,
drama é para o teatro,

aqui é caso clínico,
sentimento meliante, com retrato falado.
Ansiedade é receita da tristeza,
cria da agonia.
Ansiedade desespera,
e eu, sem saber
o que fazer,
movimento
o corpo,
a mão,
a perna, para cá e
para lá.
Para lá
e para cá. Para lá.
Para cá.
Para! Para!... Ansiedade é
tristeza em adrenalina.
É vazio
que alucina.
Ansioso tem tudo e nada ao mesmo tempo.
Ansioso se perde,
e eu
perdi
você.

recomeço (*s.m.*): é aceitar o que ficou no passado como o que deve ser: passado. é entender de uma vez por todas que o amor acaba, mas você continua (e que nem tudo que deixa de ser presente, deixa de ter valor). é o que um dia me ensinou o palhaço e seus sapatos: quando um pé vai para a frente, o outro obviamente fica para trás.

é dar a si mesmo uma segunda chance e um punhado de paz.

Então, eu aceito a solidão.
A tristeza discreta de acompanhar
pessoas acompanhadas.
A formalidade de cumprimentar casais
sem ter ninguém ao meu lado
ou dois casacos no banco de trás do meu carro.
O peso da individualidade vazia
e da liberdade superestimada de não estar junto de alguém
cai sobre meus ombros quando eu deito.
Grilhões que às vezes pesam na hora de acordar.
Amarras no meu coração que me lembram
de que, em certos dias, eu levanto por mim
e de que talvez, em outros dias, nem por mim.
Até mesmo eu, que me coroei o rei da minha vida,
que seguro nos braços o amor-próprio que me habita,
que me conformo calado com os caprichos do destino,
que sou falsamente consolado quando dizem "sua hora vai
      chegar",
que decidi aprender com cada amor que sou obrigado a
      enterrar
e a crescer com a falta da reciprocidade.
Eu não aguento mais a sensação de solidão,
de ter para quem ligar quando o mundo cai,
mas de não ter para quem querer ligar quando o mundo
      está
normal, tedioso e casual.
O amor não está no surpreendente,

nem no urgente
nem no medo
ou nos sentimentos intensos demais.
O amor está principalmente na calmaria,
e quem eu amei
percebeu,
a calma para mim é insuportável.
Eu prefiro estar sentindo a dor da decepção
a ser obrigado a viver em paz,
na calmaria de um coração não apaixonado.
Eu sei que foi amor
porque perto de você o silêncio bastava,
e o não extraordinário era suficiente.
Eu aceito a solidão
e tudo o que ela significa quando vive em mim.
A falta de inspiração, o sumiço da vontade,
as manhãs perdidas dormindo demais,
as noites vazias dormindo de menos
e a sensação de estar preso numa esperança
que não morre nunca.
Nem com as pauladas do destino,
nem quando eu imploro para ela morrer e me deixar.
Afinal, a esperança fortalecida pelo tempo
e pela vontade de amar
ainda vive dentro de mim,
só não me avisaram que, quando ela apanhasse,
eu também apanharia.

tristeza (s.f.): é o ardido de um desamor. é errar o compasso da dança. é, na verdade, não ter te chamado para dançar. é um soco no meu ânimo. é o tema principal da minha playlist no Spotify. é um pé de lágrimas plantado no meu quintal, que vez ou outra dá frutos (que, se bem acompanhados, não são tão ruins assim).

é aquilo que nem mesmo o poeta que inventou teve "a fineza de desinventar".

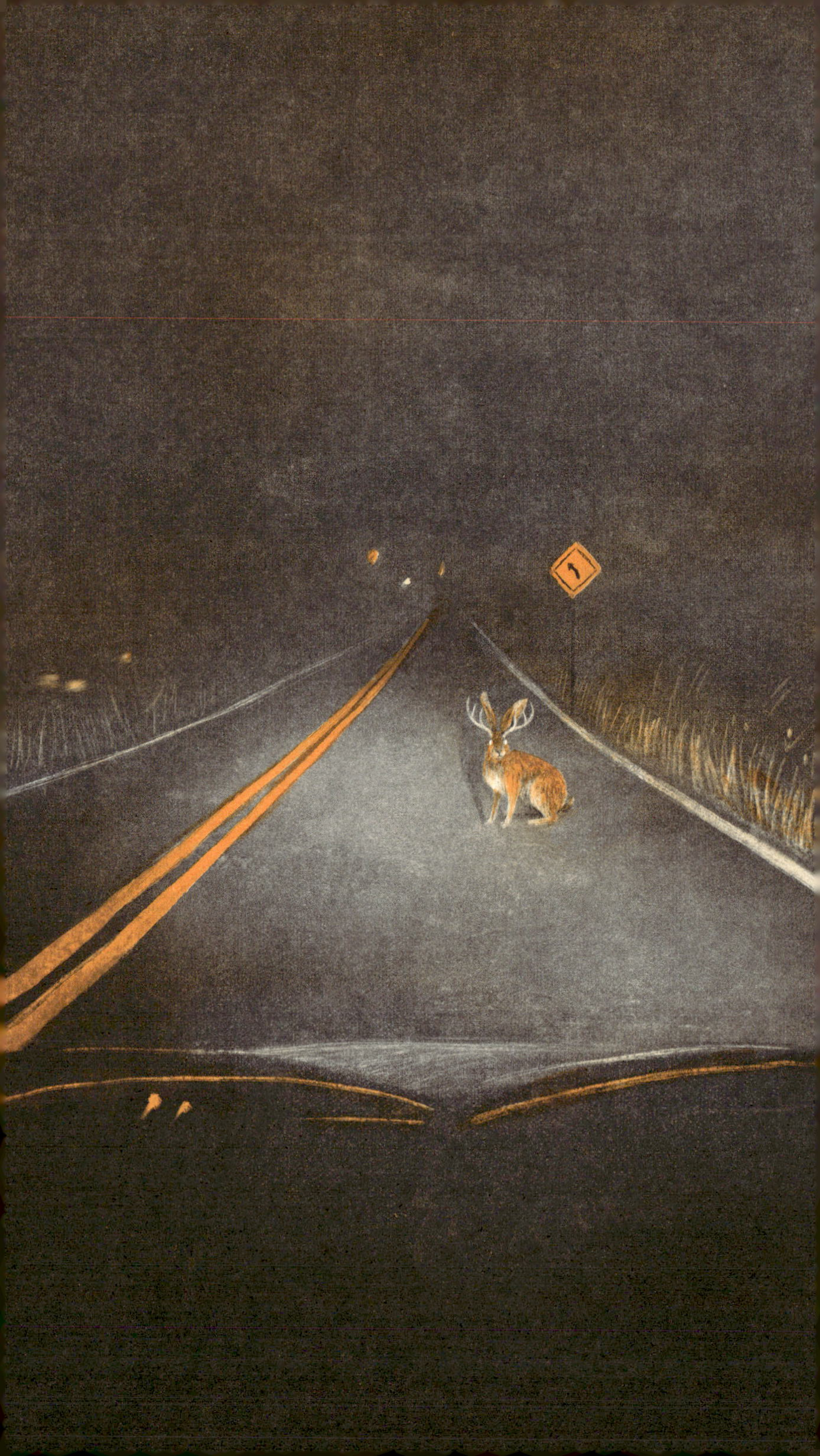

A ANSIEDADE DIRIGIA MEU CORPO EM DIAS DE CRISE. A Ansiedade é uma péssima motorista, batia em tudo o que via e não pedia desculpas. A Ansiedade afastava as outras pessoas, como um mal motorista afasta os carros no trânsito. Meus amigos, aos poucos, deixavam de pegar carona na minha rotina. Todos sabemos o que acontece com um carro que é constantemente dirigido por alguém que não se importa com nada. O carro quebra.

Quando as crises passavam, eu tentava desesperadamente esconder as chaves da Ansiedade para que ela nunca mais voltasse. Mas ela voltava. E, sem as chaves, ela arrombava a porta do meu ser e tomava o volante à força. Então, eu aprendi que o mais inteligente a fazer era deixar bilhetes espalhados pelo carro ensinando-a a dirigir melhor. Percebi que poderíamos dividir o mesmo carro, com civilidade e cuidado. Quando era minha vez de usar, em vez de brigar, eu colocava gasolina, e assim torcia para que a Ansiedade o devolvesse com o tanque cheio de combustível, para eu continuar me movendo normalmente.

Aos poucos, ela parou de esbarrar nas pessoas. Aos poucos, as pessoas pararam de me evitar em dias de crise. É melhor educar a parte da sua alma que faz bagunça no seu corpo do que tentar expulsá-la. Tentar arrancar fora uma parte de si pode ser mais doloroso do que aprender a viver com ela.

A Ansiedade em dias de crise dirige o meu corpo, mas hoje eu sou seu copiloto.

ACALANT
CORAÇÃ

MEU

capítulo três

acalantar (*v.*): é um abraço que esquenta mais do que o normal. é sentir o toque do seu cabelo no meu pescoço. é acalmar as batidas do meu coração. é o colo da mãe. é dormir sozinho com três travesseiros. é quando a sua voz nina a minha insegurança e eu consigo respirar melhor. é um segurar de mãos com a pessoa certa.

é quando estar nos seus braços me dá força.

saudade de ouvir
"que horas você vai passar aqui?",
e eu atrasado,
correndo para aí.
"qual sabor a gente vai pedir?"
a intimidade tá nas perguntas,
nos detalhes
e no porta-retratos na cabeceira da cama.
sua mãe sempre ligava no meio do filme
e fazia questão de me mandar um beijo,
perguntava quando eu iria aparecer na casa dela para
    almoçar.
eu venci minha alergia a gatos,
eu larguei a carne
e eu sou feliz assim.
eu não mudei por alguém,
só que alguém descobriu uma melhor versão de mim.
saudade da luz do banheiro acesa
e da gente tirando par ou ímpar para ver quem iria
    apagar.
saudade de perguntar se você havia trancado a porta
e você dizendo para eu não me preocupar.

saudade de acordar contigo ouvindo The xx.
saudade de te ouvir reclamar.
saudade de te ouvir me amar.
saudade de te ouvir de alguma forma que não em
    memória.
saudade é detalhe,
e cada detalhe em mim hoje tem você.

amor é um punhado de coisas pequenas,
tipo o número do seu antigo apê,
a tela de fundo do seu celular
e a cor da sua escova de dentes.
os filmes tentaram me dizer,
meus pais tentaram me ensinar,
os livros tentaram me contar,
mas meu coração é teimoso,
esperou eu te encontrar.
pena que não aprendeu a tempo,
quando ainda podia te amar.

troque "saudade" por "vontade". essa poesia é sobre
    um amor que não existiu.

como é bonito o sorriso no rosto da menina
que levantou e foi na rua
correr melhor.
como é bonito o sorriso no rosto da menina
que hoje leva em cada pé
o seu jeito de viver a vida.

a menina que trocou o "hoje não",
o "mais tarde eu vejo" e o "não curti"
pelo "adorei" e "vai rolar".
a menina que não fez promessa
para conseguir cumprir aquilo que tanta gente
        promete por aí.
a menina percebeu que
para viver feliz é melhor
calçar logo o tênis
do que escolher as meias.
as meias são parte da gente, que só quem ama
vê.
então, guarde suas meias para quem te visita em casa
ou para as casas que você for visitar.

como é bonito o sorriso no rosto da menina.

"Eu não sou tão bonita assim", você repetia depois de cada elogio meu.

Bem, para mim você é. Quando a luz da sala toca o seu cabelo, sim, você é linda. Quando a imagem da multidão envolve a sua e o único ser humano que meu coração ainda consegue perceber é você. Quando o sol nasce e se põe, pintando as fotos que você posta no Instagram. Quando acorda sem maquiagem e a primeira coisa que você faz pela manhã é me desejar bom-dia. Sim, você é linda.

E quando veste uma blusa preta e jeans, um top branco e moletom, um vestido dourado com glitter, uma fantasia comigo no Carnaval, uma fantasia sozinha no Carnaval, um casaco três vezes o seu tamanho e também roupa nenhuma. Sim, você é linda.

Quando não tem ninguém para ver e a única pessoa que você quer e precisa agradar é você, sim, você é linda. Quando a única pessoa para quem você se veste é você mesma e o espelho é seu melhor amante. Quando você não precisar do amor de ninguém além do seu próprio. Quando o cheiro do seu perfume contar ao vento como são as curvas dos seus ombros e das ondas do seu cabelo. Sim, você é linda.

E mesmo que ninguém te fale. Mesmo que você hoje não ache. Mesmo que quem te deu o último beijo tenha sido a solidão. Ninguém além de você tem o direito de ser a última voz a te dizer "sim, você é linda".

Então, meu bem, diz.

espertamente
quis despertar amor
em ti.

sabiamente
dei valor ao amor em mim.

crescer é perceber que às vezes
a culpa é realmente nossa
e que tudo bem aceitar,
refletir
e mudar.

todo mundo tem
alguém que lhe faz bem.
e se todo mundo tem,
por que não ter também?

mas se todo mundo tem,
sobrou alguém para mim?

no fim, nem todo mundo tem
alguém que lhe faz bem.
todo mundo quer
a paz de estar bem

com ou sem alguém.

companhia (*s.f.*): é ouvir sua voz de madrugada. é uma chamada de duas horas que mais parecem dois minutos, de tão rápido que o tempo passa (os dois melhores minutos do meu dia, vale ressaltar). é perceber que, mesmo longe, a lua não abandona o mar. é saber que o outro lado do sofá hoje tem as linhas do seu corpo e que sempre teremos com quem brindar no bar. é aquilo que faz as noites serem eternas e o sol nascer duas vezes.

é dormir e acordar contigo no meu pensamento.

só percebeu que fui embora
quando eu não pretendia mais voltar.
azar.

parei para me amar,
pensar e perceber
a falta que (não) me faz você.
o sertanejo estava errado,
e mais errado ainda era o aperto
no peito
com um "visualizado e não respondido".
sorte a minha ir embora.
e você sentiu o vazio de não ter a mim atrás de você.
    afinal,
esse era o gosto do seu amor em mim:
o meu desejo e meu esforço.
doce amor egoísta o seu.
perdeu.

relacionamento (*s.m.*): é chamar um restaurante de "nosso". é quando eu sirvo de meia para os seus pés gelados. é perceber que meu norte agora tem um nome e que a direção para qual eu corro quando meu mundo cai é você. é não conseguir contar nos dedos o tanto de histórias sobre nós dois que eu tenho na memória. é a certeza de amar, brigar e ser capaz de perdoar. é muito mais do que um post no Facebook.

não é um contrato de posse. é a liberdade de escolher estar junto.

a saudade mais injusta
é aquela que eu sinto
de quem eu ainda não conheci.
já procurei,
já deixei de procurar.
e não sei o que querem de mim,
nem como fazer o destino funcionar.

enquanto isso,
meu sono morre deitado
nas mãos da ansiedade
e iluminado pela luz de um celular.

no seu silêncio,
eu escuto o infinito.

nos se
até ceg
enxerg

nos seus olhos,
até cego
enxerga amor.

Te conheci como quem não queria nada,
como quem não era nada,
no alto do morro do festival,
no palco não principal.

"A gente é um match."
"Promete?"
Nunca respondeu.
Deixou a noite falar por si.
Almas que se beijam no primeiro encontro
não precisam selar contratos verbais.
Somos dois,
grandes demais
para sermos que nem os outros casais.
Juntos somente por contato.
Fomos mais.
Não somos mais.
Mas somamos
quando nos encontramos
e nos amamos.
Amores de festivais
se encontram entre as músicas, fazem um álbum
e nada mais.
Somos um hit
estourados no silêncio de uma conchinha.
Sucesso mundial de um dueto.

apressado (*adj.*): é esquecer a chave, queimar a língua, pegar o caminho errado. é desalinhar o destino. é um passo largo e desajeitado. é tirar o amor do seu ritmo natural e terminar sem querer o que nunca começou. é uma aposta no azar. é desafiar o tempo (e estar disposto a perder).

é achar que não temos tempo de olhar para os lados... e é lembrar que te perdi porque não olhei para o lado a tempo de te pedir para ficar.

se o meu navio afundar,
ancore amor
em mim.

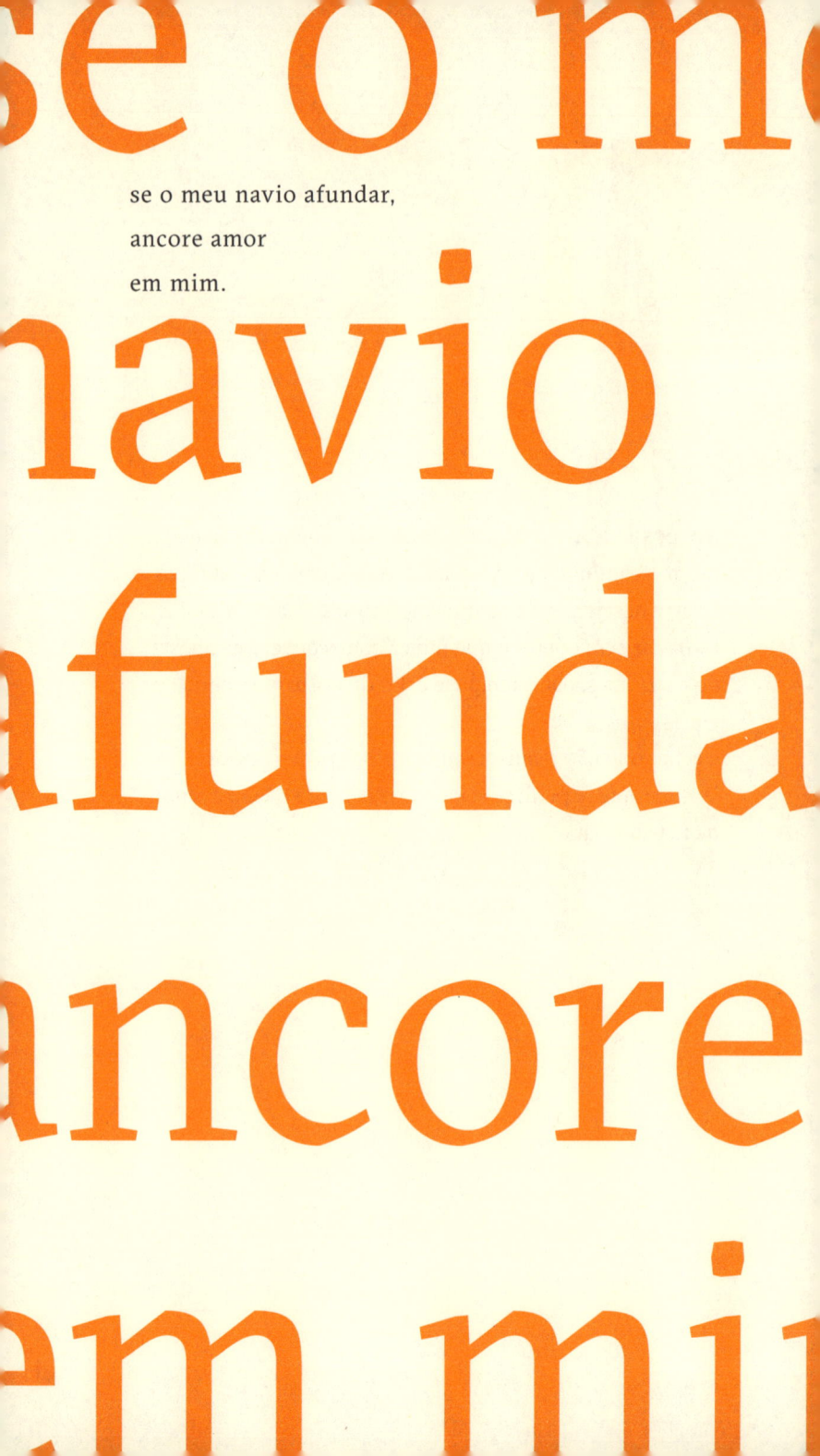

quase (*adv.*): é a menor-maior distância que um ser humano pode sentir. é a sensação de falha que deixa uma queimadura na nossa memória. foi quando me faltaram atitude e coragem para te beijar naquela noite. *eu quase beijei.* foi quando eu errei duas questões no vestibular por besteira. *eu quase passei.* foi me atrasar para sua despedida no aeroporto. *eu quase cheguei.*

foi apostar o meu amor na pessoa errada. *eu quase fui feliz.*

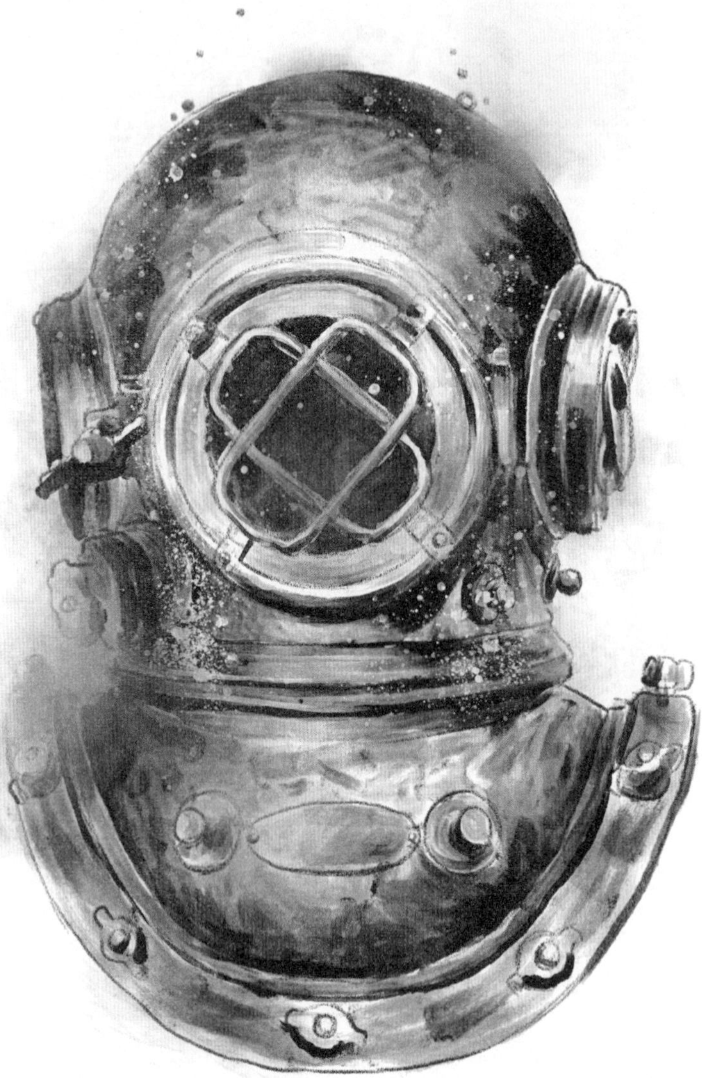

Eu não sou um fardo.
Eu não sou um fardo.
Eu não sou um fardo.
O ar trava na minha garganta
e eu engasgo.
Você diz que eu não me esforço por nós.
O ar trava no meu peito,
meu coração tem um espasmo.
Eu não me sinto suficiente.
Você diz que não me sente.
Você diz que não percebe a companhia
em mim.
E parece que não importa o quanto eu tente.
O ar corta o meu rosto
e a lágrima seca escorre pelo pescoço.
Memórias vazam da minha alma,
o silêncio sufoca meu coração.
Ansiedade se aproxima em passos pesados
e bate na porta,
eu sinto o fardo.
O reflexo no espelho se torna fraco:
eu vou sumir.
Eu não sou um fardo.
Eu não sou um fardo.
Eu não sou um fardo.
Certos dias, antes de dormir,

preciso repetir isso para mim,
olhando, no espelho,
para dentro dos olhos que carrego,
para me convencer de que o mundo ainda lembra que
    eu sou mais
do que um peso.
Eu não sou um fardo.
Eu não sou um fardo.
Eu não sou um fardo.
Cada um tem o mantra que merece.
Eu tenho medo da dor.
E eu não culpo você e nunca,
jamais, irei culpar.
Mas é como fechar os olhos antes de levar
um soco.
É um reflexo tosco.
Eu sinto a dor se aproximar antes
de saber mesmo se ela vem.
Mas não é culpa de ninguém.
Me desculpa ser assim.
Eu não sou um fardo.
Eu não sou um fardo.
"Você não é um fardo",
isso, na sua voz,
se torna para mim um
fato.
Obrigado.

Eu falo que sinto saudade
e não ouço resposta.
Eu me preocupo,
você nem se importa,
e talvez seja em vão.
Eu falo que quero te ver,
você finge que não.
A gente marca,
sai, se diverte,
e parece que está tudo certo
então.
Para você, parece que um dia
de alegria
suprime a necessidade
dos outros vários dias
de atenção.
Eu não sou um quadro
para ser pendurado na parede da sua sala,
para o qual você olha, com sorte, duas ou três vezes
    por dia, e some.
Eu não sou um prato de restaurante,

que você pede só quando sente fome.
Eu não sou uma estação de rádio,
que você pode mudar quando a música acaba.
Quem é que ainda ouve rádio?
Você não.
Eu gosto de você.
É tão difícil para você
me dizer se você
também gosta de mim?
Quer dizer, você já disse isso,
mas às vezes você não diz.
E é tão difícil para você me dizer
que você é assim e
pedir para que eu te entenda?
Di-á-lo-go.
Sem isso, é difícil dizer se o seu silêncio é a sua
       personalidade
ou o seu desinteresse.
E eu fico com isso na minha cabeça,
somos tão incompatíveis assim?
Quer dizer, eu sabia que algumas pessoas

se expressam pouco,
são meio tímidas até na hora de dizerem "sim". Mas
será que eu sou carente?
Minha mente deu um nó.
Mas se carência é um problema,
a sua falta de insistência de me mostrar
que me quer por perto
também é.
Eu tenho medo de te incomodar.
Eu tenho medo de te assustar.
Eu tenho medo de fugir
e você não me procurar.
Eu tenho medo de você fugir
e eu procurar por quem não quer ser achado.
Eu tenho medo de ter nascido com um coração torto,
que precisa de amor constante e acha que sou eu
quem ama errado.
E é difícil amar alguém
que eu sempre vejo tão perto,
mas sempre sinto
tão
distante.

alívio (*s.m.*): foi te ver chegar no aeroporto e ver o brilho que tomou o escuro dos seus olhos ao me ver lá te esperando. é te puxar para o canto da festa para dizer que eu gosto de você e ouvir um "eu também". é chegar em casa e tirar os sapatos. é desfazer as amarras da preocupação. é ouvir um "preciso falar com você" e descobrir depois que não era nada de mais.

é acordar com você respondendo a mensagem que eu te mandei antes de dormir.

tenho seguido tanto o baile
que sinto estar vivendo um eterno Carnaval.
espero que meu coração não perca o ritmo
e tropece
por tanto se dar mal.

Admiro de longe a cor do seu cabelo
quando ele encontra o sol.
O alaranjado e o vermelho,
o castanho
e o preto e todos os outros tons.
Você, que nunca se acostumou com
uma só cor de cabelo,
hoje se acostumou com o mesmo
abraço debaixo do edredom.
Aos beijos, você me dizia
que amava
a solidão.
Seu coração era uma granada
alguns segundos antes
da explosão.
Os fragmentos do que fomos ainda vivem em mim.
A sua falta ainda me dói.
Mas a sua falta é tudo o que me resta de você.
O vídeo que gravamos no nosso primeiro encontro
ainda consta na memória do meu celular.
E eu troquei de celular.

Três vezes.

Você fumava Camel,
e eu tragava um amor não correspondido.
O cigarro aos poucos te matava
e você aos poucos me matava.
E a pessoa que você beija hoje
é o pior vício que você já teve,
segundo o meu ciúme.
Enchíamos a cidade de vida,
gritávamos em busca de sentir.
Mesmo depois de tantas vezes
sentir meu corpo
quebrar na cama ao deitar,
espero pelo dia em que alguém vai ver meus pedaços
e se agachar
para catar.
Me escutar contar da vida,
e contar da vida dela.
Meu coração riscado de maus amores
ainda acredita
na pessoa certa.

Alguém tão quebrado como eu
ainda vai olhar para mim
e sorrir como quem vê um conhecido.
Reconheceremos nas cicatrizes um do outro
o amor não correspondido.
O amor é um assassino,
e eu já morri mais vezes do que posso me lembrar.
Sempre apareço rindo no fim da noite,
rindo,
pensando que é besteira
que alguém um dia realmente vá
me amar.
Um litrão de cerveja barata,
um amasso nos fundos do bar.
Tenho seguido tanto o baile
que sinto viver um eterno Carnaval.
Saudade bate,
fazer o quê.
Segue o baile.
Vamos viver.

o meu reflexo ainda é
contigo.

(*o espelho só pode estar quebrado.*)

Que bom que deve ser ter alguém.
Ter quem lhe faça bem.
E você sabe, meu bem,
eu não tenho ninguém. Nunca tive,
e nem sei se vou mesmo ter.
Não é pessimismo, é a vontade que não cabe em mim.
É ir dormir todo dia querendo ter em quem pensar.
É se ver no amor dos outros.
É esperar por um dia que você nem ao menos sabe
se está no calendário
desse ano,
ou do próximo
(ou do próximo).
Que bom que você encontrou alguém.
Sua felicidade me faz feliz também
e me faz imaginar,
outra vez,
como deve ser bom ter quem te faça bem.
Infelizmente meu coração assusta,
meu sentimento assusta,
minha vontade de me dedicar a outro coração
assusta.
Às vezes me sinto feio por dentro.
Às vezes não.
Às vezes é bom ter um coração em constante
combustão.
Às vezes não.

Querer cuidar é qualidade que conquista.
Mas às vezes "não" é "não".
O que é então?
Drama, não.
Drama eu deixo para o teatro,
o negócio aqui é fato.
O aperto fátuo no peito,
o ar cada vez mais rarefeito,
a ansiedade me pegando de jeito.
Não é drama.
E antes de me falar para "parar de procurar",
saiba que essa eu já ouvi
e já não procurei.
Guarde seus conselhos para quem ainda tem
paciência.
Hoje meu peito guarda uma carência
silenciosa.
Hoje meu peito admira de longe o amor.
Hoje meu peito senta no balanço do destino
e espera, em companhia da própria quietude,
por alguém que faça "silêncio"
ser sinônimo de
"ela está no quarto fazendo coisas para o trabalho e
eu estou na sala escrevendo, mas daqui a pouco
começa *GoT* e a gente se abraça no sofá".

"Imagino o bom que deve ser."

Quando te vi,
jurei que o sentimento seria
concreto.
Mas me esqueci de que concreto também
racha,
desgasta,
enfraquece.
Esqueci que alguns amores tanto
prometem na porta de entrada
e nada entregam
na saída.
Nada, exatamente isso.
Não deixam rastros,
fazem questão de sumir sem deixar
nada
para trás.
Um bilhete no espelho, uma ligação perdida,
uma toalha molhada no banheiro,
uma lembrança boa para guardar.
Tem quem faça questão de não ter existido,
sob o pretexto de ser "para o nosso bem".

É quem diz "eu não queria te magoar",
mas,
SURPRESA,
magoou,
o coração quebrou, o concreto falhou,
a estrutura caiu,
e meu corpo sentiu o frio do lençol,
a tristeza da solidão,
o pensamento ingrato de não ser suficiente,
a ansiedade acelerando o peito de repente
na frequência errada do coração,
a batida certa no *flow* errado,
nem Emicida saberia encaixar.
As expectativas vieram ao chão,
e eu precisava cuidar toda hora
para não abrir a história errada
no Instagram.
Você virava para mim e mentia
e dizia
que não sentia
e que não via

futuro em nós dois.
Que foram bons os dias
que passaram,
mas que não pretendia
ter vivido o que viveu.
Que pediu de mim mais do que
você
pretendia ter.
Você pedia um tempo
para você.
Você.
Você.
Mas era eu quem girava no box do banheiro,
fugindo das gotas frias que me lembravam do toque
    do seu
coração.
Frio.
Era eu quem corria do calendário,
era eu quem fazia poesia para o amor errado.
Você nem tem mais o meu contato salvo.

o beijo é a linha que liga
dois corações.

é a lin-
ga-
rações.

Ela, Cigana, Colombina,
e eu, Pierrot sem palco
nem manga na blusa.
Ator sem roteiro,
sem causa e sem rua.
Sem casa, sem sola,
pedindo esmolas (mas não de moedas
e olhares decentes,
de um povo carente de amor
e de gente).
Ela, ressaca,
me puxa, me lasca.
Me ama, desama,
diz que se encanta

comigo na cama.
Cigana, pois bem,
entregue-se então.
Prove, no fim,
o seu coração.
Sou coadjuvante, estudante,
obstinado do teatro
onde amar não é pecado.
A vida é uma peça
em que nada para,
não existe pausa,
só existe causa
e por ela
— eu vou.

NÓS NÃO DEMOS CERTO POR VÁRIOS MOTIVOS. TALVEZ a distância, talvez a idade, talvez eu seja novo demais. Mas eu sei dizer que o santo do amor não bateu e ficamos por isso mesmo. Ficamos pelos rolês e brindes, risadas e histórias e divagações.

Nada de mãos entrelaçadas no sofá, fingindo terem se tocado sem querer, tentando ver quem será que tira primeiro, torcendo para que o outro não queira, de fato, tirar. Nenhuma troca fixa de olhares por mais segundos do que poderíamos contar sem nos perdermos nos números e nos acharmos nos traços do rosto um do outro. Só algumas garrafas de cerveja a mais na terça-feira e muito vinho extra na quinta-feira. Só alguns breves momentos de esperança de que as coisas fossem o que não eram (e nem seriam). Uma vontade de nunca mais parar de se encontrar, de responder as mensagens na hora que elas chegavam, ouvindo reciprocidade na voz do outro desde o início, desde o primeiro encontro.

Uma vontade — que eu jurava ser real — de compartilhar os próximos dias sem marcar no calendário, mas que foi seguida de um "hoje não vai dar". Não tenho certeza do momento em que as coisas não deram certo, de por que o santo não bateu mais do que alguns dias. Sei que eu aprendi que não devo pedir desculpas por ter um coração explosivo. Não devo me envergonhar por sentir demais. Sei que entre instantes sinceros existe o receio de ser verdadeiro. Todos nós temos medo de encontrar aquela pessoa que vai fazer nossa vida balançar para o lado oposto e os dias só terem sentido se compartilhados. Meu maior pecado é acreditar na vontade de amar de outros corações. Mas acho que continuarei pecando até eu perder as minhas certezas e pagar a minha vontade. Até eu entrelaçar as mãos com alguém que queira ouvir sobre o meu dia e, mais ainda, queira me contar o seu.

Ou vou esvaziar meu corpo tentando encontrar sentimentos sólidos em uma sociedade líquida que vira o amor dos outros com álcool e energético na balada.

motivo (*s.m.*): é o que me fez pegar um avião e tomar decisões difíceis. é o culpado do convite que eu te fiz para sair comigo. é um sussurro no meu ouvido, que mais parece um grito, e me faz correr até você. é o lado bonito da vontade, o espaço não preenchido do sofá. é a parte sincera do desejo que me faz colocar os pés no chão (para continuar correndo). é a desculpa perfeita para fazer loucuras em nome da felicidade.

é o que aponta para o norte na minha bússola sem ponteiro.

Queria você aqui comigo
para dividir esta cerveja
e ouvir o mar cantar.
Sentir o vento me entregar seu cheiro
e a areia poder marcar o nosso caminhar,
pegada por pegada
sem te preocupar.
Estar ao seu lado na rede fez o seu cabelo
ser a cor preferida da minha vida
e a ilha inteira me escutar falar de ti.
O nome que nunca escondi
atrás de títulos.
Você não é nada minha,
senão você mesma.
Caminhamos juntos
por decisão. Somos parceiros
nos crimes cometidos
pelo coração.
E, juntos, formamos algo que nem mesmo
o Sol
consegue abraçar.
Somos feito dois oceanos,
completos em sua independência,
mas que juntos abraçam o Mundo
feito
um.

Quando você estiver aqui comigo,
terei certeza de que chegou
o momento de que todos tanto falaram.
"Não espere chegar",
"Vai acontecer quando você menos esperar".
E chegou.
Chegou independente do que dizem as pessoas
ao meu redor.
Percebi que envolta de mim
prefiro seus braços
do que opiniões soltas de pessoas que pensam
      precisar
cuidar
do coração alheio.
E agora, vendo o céu desenhar o seu corpo com
      estrelas,
e minhas lembranças serem narradas
pelo calmo da sua voz,
eu tenho a certeza de que
chegou a minha vez
de ser
feliz.
Não dou bobeira para o destino,
dou bobeira para o seu beijo
que é o que eu sempre
quis.

a mão dizia o que a boca tinha medo de dizer.
enquanto você mentia palavras bonitas,
sua mão fria fugia sem desejo de segurar a minha.

Ei, bom que voltou para cá,
senti sua falta,
devo falar.
Não que a saudade não estivesse
em mim, assim,
estampada na minha cara.
Ela está.
Mas me lembro bem,
foram sentimentos exagerados assim
que levaram nós dois para o mesmo fim.
"Acabou." Percebi que eu era fornalha
aquecida por paixão,
que queimava o tom quente do seu cabelo
no meu tom quente de paixão.
Ouvia o seu som
quando não tinha mais nada para ouvir.
Os domingos sem ti
não existiam mais.
O tempo não era igual.

Os dias para mim deveriam voltar.
E eu arrancava as páginas do calendário
esperando tirar a próxima
e ver o mês voltar.
Para ver você voltar.
Eu via nos seus olhos a vontade de amar,
mas da sua boca
eu via você dizendo ter medo de se apaixonar.
Às vezes a gente quer o diferente,
a gente fica mordido, não se entende
e tenta tirar a vida do rumo que o coração
sente.
Mas confia em mim e me deixa ser o leito
no qual você se vê deitada
ao acordar.
Menina, com que saudade eu estava,
que bom que você voltou.
Pena que nos perdemos na cidade,
já não temos o que tínhamos

quando aqui
você morou.
Morou em mim.
E eu morei em ti também,
eu sei que sim.
Você me disse quando voltou.
Você me disse que nós não tivemos fim.
Que adeus dito no silêncio da ausência
não é de fato adeus.
Disse que aí eu tinha casa,
quarto
e cobertor.
Se eu quisesse visitar,
estava à disposição.
Claro que aceito!
Quem sou eu para recusar quem faz bem
para o meu
coração?

refúgio (*s.m.*): é o nome que eu dei para os seus braços quando me envolviam em dias ruins. foi para onde eu corri quando meu mundo desabou. é ter você para escutar meus desabafos. é quando sua voz me diz "vai ficar tudo bem". é a sala da sua tia, a TV ligada e nós dois no sofá, fugindo do frio. é um encontro com quem te faz sorrir.

é quando alguém abafa o soluço do nosso choro com um abraço sincero.

o meu peito vazio
é um apito
que faz barulho quando a saudade assopra
o seu nome.

talvez aqui eu entenda a ideia
de que amores são eternos.

depois que terminam,
cada amor é um quadro,
para sempre pendurado, nas paredes da memória.

uma verdade pela metade
é uma intenção de mentira.

e um pedaço de verdade
fala mais que falador,
enrola o credor.
sentimento não é dívida, muito menos moeda de
    troca.
se toca.
para de esconder o que não sente, diz logo a verdade
    sem essa desculpa de que é para me
"proteger".
se quiser me proteger,
me protege de você.

é tudo tão escuro quando eu fecho os olhos
sem sua respiração no travesseiro ao lado para me
    guiar.
"alguém um dia ainda vai te amar",
você disse antes de fechar a porta uma última vez.

jeito estranho de dizer "desculpa não ser eu".
eu agradeço o cuidado,
mas, ainda assim,
doeu.

"Você é muito fácil."
Olha, eu sou fácil.
De difícil basta amar.
De difícil basta ela,
de difícil basta ver a mão dele na dela.
De difícil basta entrar numa balada
e sentar no canto,
pedir duas cervejas por hábito
e beber só uma.
De difícil basta fugir das fotos dela
no Instagram.
De difícil basta não se achar suficiente.
De difícil basta beijar tanta gente
e não querer beijar ninguém,
basta perder o valor do seu próprio jeito de
gostar de alguém.
De difícil basta ser ansioso,
ter um peito culposo
que se desvaloriza
de agosto a agosto.
De difícil
basta dormir sozinho,
comprar outro travesseiro
para ver se a cama
fica cheia.
De difícil basta dirigir de madrugada,

ouvindo rock antigo,
fazendo o mesmo caminho
de quando eu voltava da sua casa.
De difícil basta pensar.
De difícil basta essa sociedade desumana
e esses humanos insociáveis.
De difícil basta o medo.
De difícil basta a dor.
De difícil basta todo santo dia
lembrar de coisas
que
eu
não
quero.
De difícil basta não ter controle sobre o seu querer.
De difícil basta desconhecer alguém
que você tanto lutou
para conhecer.
De difícil basta a ansiedade
viver na minha casa, depois de tudo o que ela me
      roubou.

De difícil basta isso.
Então eu vou ser fácil.
Então eu vou beijar.
Então eu vou dançar,

eu vou beber, vou entrar no bar.
Vou subir no palco da festa,
vou trocar olhares.
Vou fitar, vou convidar,
vou estender a mão
e vou brindar.
Vou perguntar quantos nomes eu tiver para conhecer.
Vou cantar pop antigo,
vou enlouquecer.
Vou viajar,
vou caminhar por entre prédios,
vou tomar café com minha própria companhia.
Vou dizer mais "SIM!",
vou ser mais decidido em cada "NÃO!".
Vou ser quem mais me queira,
vou ser ninguém.
Vou dar as mãos,
vou cruzar os pés.
Vou chamar o garçom,
vou dar gorjeta de dez.
Vou ser fácil
e vou dormir em outras camas,
vou amar ainda mais estar na minha.
Vou ser fácil, vou amar a solidão.
Pois difícil de verdade
é ser fácil para si mesmo.

cresci feito árvore torta
numa horta
que não deveria ter dado espaço para mim.
cresci perdendo folhas,
alcancei o Sol cedo demais,
queimei a ponta dos meus galhos
e chorei junto ao céu em dias de chuva
para ninguém perceber.
crescer é um pouco de se adaptar
com se aceitar.
é um pouco injusto,
mas é necessário.
minhas raízes me empurram para o céu,
sou árvore que queria ser estrela.

tenho um coração quebrado,
mas ao menos tenho algum.
prefiro ter um coração despedaçado
a não ter nenhum.

ancorar (*v.*): é a coragem de me fixar no meio de um mar que eu não controlo. é alugar um apartamento para nós dois. é o medo de enfrentar a tempestade no horizonte. é o conforto de boiar em águas rasas. é uma boa ou má decisão, tudo depende do que se passa no peito e na cabeça do capitão da embarcação.

EU CHAMO DE "EX" QUEM NÃO ME CHAMA DE NADA.
Não por falta de afeto, mas por falta de tempo.
Você segue as regras que te ensinaram de como
classificar aquilo que viveu para se encaixar no
convencional da sociedade. Convenção. O coração
não deveria ter convenções e padrões. Chame de "ex"
quem de alguma forma te engrandeceu, apesar dos
ressentimentos. De que tanto importa a quantidade
de tempo que estivemos juntos? Sei que nossos oito
meses perto dos quatro anos que você viveu com
quem veio antes de mim não são quase nada (se
olharmos apenas os números). Sei que não houve um
pedido de namoro, mas e os pedidos de companhia
do tipo: "deita aqui comigo" e "amor, me acompanha
no aniversário da minha amiga?". E a cama e a
sobremesa que dividimos? E os almoços de família,
e a viagem que planejamos? Por que ainda medimos
relacionamentos por tempo e títulos ao invés de
sentimento e histórias? Hoje sou parte do seu
passado e ainda não tenho nome. De um livro sem
título, eu sou só um capítulo sem numeração.

Só aprendemos a perdoar as mágoas causadas por quem não nos correspondeu quando somos nós a não corresponder ao amor de alguém.

Magoa do mesmo jeito, independente do nosso esforço. E a gente precisa viver com isso e entender que nem toda dor é intencional.

ela foi para mim
o que eu nunca fui para ninguém,
nem para mim mesmo.

prioridade.

por que se olhar através dos olhos dos outros?
eles não te conhecem,
não sabem o que veem.

Menina, quem te viu?
Ora, eles te veem.
Menina, você já se viu assim?
Conta para mim,
me diz que sim.
Me diz que a vista do espelho é bonita
e que a maresia do seu cabelo
repousa bem.
Me diz que sente orgulho da cor do seu batom
e que é pelos seus olhos
que você,
e só você,
escolhe o tom.
Menina, me diz
que aí no Rio
faz frio.
E que o casaco quem usa
é você.
Menina, me diz que em São Paulo
falta amor.
Mas me diz que o coração que sente
por você
é o seu.
Menina, me diz aqui,

o que tem escrito nos seus olhos?
Já parou para perceber
que a gente tem vergonha
de se olhar por muito tempo?
Ou é incômodo?
É o medo de perceber que os olhos
com os quais tanto enxergamos
são de outras
pessoas?
Não tenha medo.
Menina, abre os olhos
e enxerga o seu amor.
Que rosto bonito você tem.
Menina,
já olhou no fundo dos olhos de quem te chama
de meu bem?
Faz você, então.
Amar a si mesmo
é um puta remédio
para o coração.
Se olha no espelho
e diz que é você quem você
vê,
Menina.

no jardim do amar,
términos deveriam virar
adubo
para coragem de se apaixonar
outra vez.

TIPOGRAFIA Titling Gothic e GT Sectra
DIAGRAMAÇÃO Estúdio Bogotá
PAPEL Pólen Soft, Suzano S.A.
IMPRESSÃO Gráfica Bartira, julho de 2020

A marca FSC® é a garantia de que a madeira utilizada na fabricação do papel deste livro provém de florestas que foram gerenciadas de maneira ambientalmente correta, socialmente justa e economicamente viável, além de outras fontes de origem controlada.